Vente du Samedi 11 Avril 1896.

Tableaux

par

CERAMANO

Mᵉ Paul CHEVALLIER, Commissaire-Priseur
M. Henri HARO, Peintre-Expert.

1896

CATALOGUE

des

Tableaux

PAR

CERAMANO

dont la Vente aura lieu

HOTEL DROUOT, Salle n° 11

le **Samedi 11 Avril 1896**, à DEUX HEURES

✠✠✠✠

EXPOSITION PUBLIQUE

le Vendredi 10 Avril 1896, de 1 h. 1/2 à 5 h. 1/2

<table>
<tr><td>Me Paul CHEVALLIER</td><td>M. Henri HARO</td></tr>
<tr><td>COMMISSAIRE-PRISEUR</td><td>PEINTRE-EXPERT</td></tr>
<tr><td>10, rue Grange-Batelière, 10</td><td>14, r. Visconti et r. Bonaparte, 20</td></tr>
</table>

—

1896

CE CATALOGUE SE DISTRIBUE

à Paris, chez

Me Paul CHEVALLIER
COMMISSAIRE-PRISEUR
10, rue Grange-Batelière, 10

M. Henri HARO
PEINTRE-EXPERT
14, r. Visconti et r. Bonaparte, 20

Conditions de la Vente

Elle sera faite au comptant.

Les acquéreurs payeront *cinq pour cent* en plus du prix d'adjudication.

CERAMANO

Connu de la partie attentive du public des Salons et de l'élite des amateurs, dont plus d'une de ses toiles orne les collections, Ceramano l'est moins de cette foule parisienne qui aime l'art, sans doute, mais qui n'en fait qu'une distraction de circonstance, ne s'en occupant qu'aux heures où les prescriptions mondaines l'y invitent.

Le mérite très réel de Ceramano vaudrait pourtant d'être affirmé par une réputation plus étendue. Car son œuvre, à présent fort nombreuse, le place, à notre avis, en haut rang parmi les paysagistes animaliers, immédiatement à la suite des maîtres qui furent ses camarades de labeur, ses compagnons d'art : Millet, Rousseau, Troyon,

Ch. Jacque, etc.; enfin cette école de Barbizon qui a pris rang dans la postérité sous le nom : « Les paysagistes de 1830. »

Le genre de vie, la nature d'homme d'un artiste, ne sont pas seulement des éléments toujours essentiels pour apprécier le caractère de son œuvre; ils sont aussi l'explication possible de sa situation relative dans la renommée.

Pour triompher en cet instant de course à l'imprévu, de tam-tam, de gongorisme, il faut, comme on dit, être plus que jamais de son temps. Que dis-je? Il faut même être du lendemain! C'est bien connu : on ne voyage plus, on arrive.

Or Ceramano — l'homme et l'artiste — se range systématiquement dans la génération de 1830, bien qu'en réalité il soit plus jeune qu'elle. Que diable vient-il alors demander à la Renommée, en proie à ses amours fin de siècle, de le baiser encore au front, elle qui croit avoir déjà tant fait pour lui?

Oui, ce peintre, bien qu'à aucun instant il n'ait perdu le contact avec l'art moderne, bien qu'il en connaisse les inquiétudes utiles et les troubles délicieux, se vante d'être un « 1830 ». Il ne trouve pas cela si ridicule. Il sait, à vrai dire, que nous sommes beaucoup à l'approuver.

Ah! « les 1830 », la belle génération d'optimistes! Quand, sous la chevelure blanche de Ceramano, j'aperçois le regard vif, le sourire jeune, la physionomie virile, à la Victor Hugo, je ne puis m'empêcher de songer, avec enthousiasme, à toute cette lignée d'artistes qui furent de vaillants cerveaux dans des corps magnifiques, à cette cohorte puissamment barbue qui aima ardemment et sainement la nature, comme les beaux hommes aiment les belles femmes!

Paysagiste et « 1830 », Ceramano a naturellement établi ses habitudes à Barbizon. Il y a bien longtemps! Et, un à un, il a vu partir, déjà entrés dans la gloire, maîtres et camarades. Lui, plus jeune, reste debout, et il a persisté avec fruit à demeurer ce que furent les autres et lui-même avec eux. Il ne s'est pas laissé entamer par les suggestions des routines nouvelles. De sorte qu'en voyant défiler l'œuvre de Ceramano sous vos yeux, vous éprouverez la même très douce et très charmante impression que j'éprouvai moi-même, dans une autre circonstance, en voyant *l'artiste, harnaché de son attirail de peintre, partir pour ses études en forêt, accompagné de deux béliers velus et pensifs qui traînaient son bagage : il vous semblera voir passer tout un art, tout un monde, tout un autre ordre de sensations les plus élevées, mais toutes choses accomplies et bien tranchées, si différentes des velléités et des fièvres de l'art d'aujourd'hui, incertain et sans accent !*

*
**

Être de la suite d'une école, cela ne suffit pas à constituer une originalité, et des pages qui n'auraient d'autre intérêt que de rappeler la tendance d'œuvres illustres seraient insuffisamment qualifiées pour la renommée.

Ce n'est pas le cas de l'œuvre de Ceramano, qui possède, outre son attrait de catégorie, son charme pour ainsi dire de millésime, le cachet d'une personnalité, une marque originale.

La même âme qui vibrait en Millet, en Rousseau, en Diaz, en Troyon, en Ch. Jacque, vibre en Ceramano ; il aime la nature pour les mêmes raisons et de la même façon qu'eux, mais il l'exprime d'autre manière, selon ses moyens et son instinct personnels.

Les paysagistes de Barbizon se distinguèrent, entre tous les descriptifs, par une sincérité absolue; ils s'effacèrent devant la nature au lieu de s'imposer à elle. Ils ne lui prêtèrent point des accessoires dramatiques, comme l'école du paysage historique qui les précéda, ou bien des accents littéraires, comme les sectes d'aujourd'hui. La naïveté émue, recueillie, tel fut leur caractère commun, le motif de leur lien. Chez Millet, à l'âme biblique, cette sincérité se traduit par l'expression plus fréquente des spectacles où l'homme, le paysan auguste, domine la nature; chez Rousseau et Diaz, plus curieux de pittoresque, par une variété précise où est noté l'hôte prépondérant de cette nature : l'arbre; chez Troyon, à l'âme moins farouche, par la peinture de la vie rurale dans les coins peuplés de la Forêt.

Chacun à leur façon, ils sont des descriptifs et la nature apparaît exacte à travers leur tempérament personnel.

Plus complètement qu'aucun d'entre eux, mais à un degré que l'avenir, qui fixe les hiérarchies définitives, déterminera, Ceramano est lui aussi un narrateur précis. Il ne voit pas la nature avec des préférences tranchées pour tel ou tel aspect. Pour lui, l'homme, la plaine, l'arbre, l'animal, le site, la ferme propice, tout est beau, tout est bien, puisque c'est la nature, et il les chante à n'importe quelle heure du jour, dans toutes les saisons.

Il est donc un paysagiste et il est aussi un animalier. Voilà pour l'état d'âme, et pour la sensation d'art qui se dégage de son œuvre.

L'artiste, avant tout instinctif, comme celui-ci, trouve toujours le métier, la forme nécessaire qui exprimera son impression. La peinture de Ceramano est en parfaite harmonie, en hauteur juste avec la sensation qu'elle décrit. Sa palette est variée comme la nature, mais, ainsi qu'elle, pas compliquée. Et, comme les robustes chênes, comme les béliers farouches et décoratifs, comme les cieux accidentés qu'il peint, sa touche est robuste et nerveuse.

L'œuvre qui est présentée au public aujourd'hui se compose d'environ soixante-dix toiles exécutées à des époques différentes, jusques et y compris les toiles des derniers Salons, qui ne sont pas parmi les moins belles. Toute la vision, toute la curiosité d'artiste de Ceramano, sinon toute sa production, est contenue là. C'est d'abord la Forêt et son spectacle. Ceramano ne commet pas la faute de s'attarder aux sites célèbres ressassés par les générations. Il décrit les aspects intimes. Avec un arbre puissant, branchu, chevelu, particulier par l'enchevêtrement de ses ramures, moussu et vénérable comme un père de famille; avec le coin de ciel qui encadre ce vétéran, les petites végétations qui l'entourent, le nuage qui fait varier la lumière, il compose un tableau où passe insaisissable l'âme de toute la forêt. C'est de la synthèse sans y prétendre.

Mais c'est le paysage animé qui a la préférence de l'artiste. Il aime à le peindre quand il voit à son horizon défiler, trottant menu, un troupeau de moutons, dont il note l'allure, l'attitude, les mouvements individuels et d'ensemble avec l'amour et l'art d'un des grands animaliers romantiques, tel Delacroix décrivant un félin qui s'allonge, s'étire ou s'élance dans les allures propres à sa race.

Un critique supérieur, M. Louis de Fourcaud, portait à l'occasion du Salon *de 1878 ce jugement élogieux sur Ceramano animalier :*

« *Sa peinture est remarquablement solide et souple; en outre, il est coloriste; le meilleur tableau de moutons qui soit au Salon est évidemment celui qu'il a intitulé :* Garde à vous (effet du matin). *L'aube envahit déjà l'horizon de sa clarté pâle; le troupeau, parqué en plein air entre quatre barrières mobiles, a forcé la porte étroite et tente de s'évader. Mais voilà; le chien aboie de toute sa gueule comme un honnête gardien qu'il est; tous les porte-laine effarés se serrent les uns contre les autres; le berger, réveillé par tout ce bruit, ne tardera point.*

« *Une main d'artiste a enchevêtré ce groupe bêlant, emmêlé ces toisons, modelé ces museaux maigres, éclairé la scène du jour laiteux de l'aurore. On ne saurait être plus sincère que M. Ceramano, mais il sait aussi broyer de plus vives couleurs sur sa palette. N'est-ce pas un tableau exquis que sa* Cour de ferme de Chailly? *Les murailles de la maison s'effritent au soleil; le sol de la basse-cour est montueux, jonché de fumier à souhait pour que les cochons s'y puissent vautrer à l'aise — et ils n'y*

font point faute, les dignes animaux!
Ils étalent les tons roses de leur dos,
de leur ventre; ils étendent leurs pattes
grasses; ils grognent voluptueusement
en agitant leurs molles oreilles. La brosse
s'est jouée sur le panneau; elle a porté
coup à chaque touche. N'oubliez pas le
nom de cet animalier : c'est un natu-
riste. »

Le bélier, le mouton, le porc, le cheval
de ferme, tous ces animaux paisibles de la
vie champêtre en forêt de Fontainebleau,
tous ces compagnons familiers, Ceramano
les connaît, en effet, à merveille, comme
l'indique M. de Fourcaud, et il en repro-
duit la physionomie avec le plus alerte
savoir. Des tableaux comme Garde à
vous (effet du matin), la Matinée d'été,
Entrée du troupeau, les Béliers, as-
signent à Ceramano, paysagiste et animalier, une des belles places dans l'école
de Barbizon.

Mais l'artiste n'a pas limité sa curiosité à la forêt de Fontainebleau. Les
circonstances, et sa volonté sans doute,
l'ont mis en présence d'autres spectacles,
par exemple, celui de la mer, ou bien
encore d'une nature meublée, presque
compliquée, comme celle de Cernay.
Mais toujours il reste de la grande école

de simplicité et de contemplation. Il fuit le décor papillotant. Ce qu'il recherche, ce n'est pas la verdure théâtralement enchevêtrée de la vallée de Chevreuse; c'est un horizon simple d'où l'on découvre Cernay-la-Ville, la perspective d'un chemin en plein champ, etc., etc.

Aucun clinquant non plus dans sa peinture de la mer. C'est la dispersion, sur cette grande surface, de la lumière contrariée par l'opacité d'un gros nuage planant là-haut, qu'il note, dans une vision purement picturale.

D'ailleurs, Ceramano ne redoute pas la difficulté de métier.

Il est trop sincère pour faire de son habileté un usage constant; mais parfois il la déploie et en tire des effets remarquables. La neige, entre autres, si difficile à rendre dans ses diverses apparences, il la décrit avec la plus souple aisance. Suivant la circonstance, elle est légère ou tassée, ouatée, silencieuse ou ruisselante. Il joue avec les blancs.

Les Gerbes à Cernay, le soir; Effet de neige dans la plaine de Chailly; les Gorges d'Apremont; les Béliers de Rambouillet (ferme de l'État), *et du reste toutes les toiles soumises aujour-*

d'hui au jugement du grand public, sont là pour prouver qu'à peine m'avancé-je en affirmant que, soit comme paysagiste, soit comme animalier, Ceramano met des supériorités de virtuose au service d'un art ferme et simple.

Alfred PAULET.

**

TABLEAUX

FORÊT DE FONTAINEBLEAU

1 — Au Belvédère ; bergère et son
   troupeau.

> Signé à droite.

> > T. — H., 1ᵐ,44. L., 2ᵐ,05.

2 — Troupeau de moutons forçant
   une palissade.

> Salon de 1893.
> Signé à droite.

> > T. — H., 1ᵐ,31. L., 1ᵐ,60.

3 — La Rentrée dans le parc ; effet
   de lune.

> Salon de 1895.
> Signé à droite.

> > T. — H., 1ᵐ,30. L., 1ᵐ,10.

4 — Troupeau traversant le Dormoir.

Signé à droite.

T. — H., 1^m,20. L., 1^m,60.

5 — Route de Sully avant l'incendie
du 29 mars 1893.

Signé à droite et daté 92.

T. — H., 0^m,88. L., 1^m,15.

6 — Au Bas-Bréau; automne.

Signé à droite.

T. — H., 0^m,88. L., 1^m,15.

7 — Route de Paris au carrefour de
l'Épine.

Signé à droite.

T. — H., 0^m,90. L., 1^m,15.

8 — Au Dormoir; effet d'automne.

Signé à droite.

T. — H., 0^m,88. L., 1^m,15.

9 — Le Sully.

Signé à droite.

T. — H., 0^m,73. L., 1^m,00.

10 — Cabane de bûcheron près la route de Sully.

Signé à droite et daté : Octobre 1880.

T. — H., 0^m,72. L., 1^m,00.

11 — Chaumières à Moilly; effet de neige.

Signé à droite et daté : Novembre 1879.

T. — H., 0^m,72. L., 1^m,00.

12 — Dans les gorges d'Apremont; effet du matin.

Signé à droite.

T. — H.. 0^m,71. L., 1^m,00.

13 — Moutons dans les bruyères à Clairbois; effet du matin.

Signé à droite.

T. — H., 0^m,71. L., 1^m,00.

14 — Au Belvédère; effet d'automne.

Signé à droite.

T. — H., 0^m,81. L., 0^m,65.

15 — Chien gardant la bergerie.

Signé à droite.

T. — H., 0^m,81. L., 0^m,55.

16 — Les Bouleaux, à la Table Dorday.

Signé à droite.

T. — H., 0^m,81. L., 0^m,55.

17 — La Plaine de Chailly; effet de neige.

Signé à droite et daté : Chailly, 1893.

T. — H., 0^m,65. L., 0^m,92.

18 -- La Roche de malheur. Route de Sully.

Signé à droite.

T. — H., 0^m,65. L., 0^m,92.

19 — La Vallée de la Solle.

Signé à droite.

T. — H., 0^m,65. L., 0^m,92.

20 — Les Chènes; effet d'automne. Carrefour de l'Épine.

Signé à droite.

T. — H., 0^m,65. L., 0^m,92.

21 — La Récolte des betteraves. Plaine de Chailly.

Signé à droite.

T. — H., 0m,65. L., 0m,92.

22 — L'Approche de l'orage.

Signé à droite.

T. — H., 0m,65. L., 0m,92.

23 — Le Nid d'amour.

Signé à droite.

T. — H., 0m,65. L., 0m,81.

24 — Route des Artistes.

Signé à droite et daté : Août 1877.

T. — H., 0m,65. L., 0m,81.

25 — Les Premières Feuilles, à la Reine-Blanche.

Signé à droite.

T. — H., 0m,65. L., 0m,81.

26 — Près le carrefour de l'Épine.

Signé à droite.

T. — H., 0m,65. L., 0m,54.

27 — Sous bois.

Signé à droite.

T. — H., $0^m,65$. L., $0^m,54$.

28 — La Reine-Amélie.

Signé à droite.

T. — H., $0^m,63$. L., $0^m,80$.

29 — Route de la Reine-Amélie.

Signé à droite.

T. — H., $0^m,61$. L., $0^m,86$.

30 — Moutons au pâturage.

Signé à droite.

T. — H., $0^m,56$. L., $0^m,81$.

31 — La Rentrée au village; effet de nuit.

Signé à droite.

T. — H., $0^m,55$. L., $0^m,81$.

32 — La Gorge aux Loups, à Belle-Croix.

Signé à droite et daté : Octobre 1877.

T. — H., $0^m,54$. L., $0^m,81$.

33 — Derrière mon clos, à Barbizon.

Signé à droite.

T. — H., 0^m,54. L., 0^m,80.

34 — A Jean de Paris en octobre ; effet du soir.

Signé à droite.

T. — H., 0^m,54. L., 0^m,65.

35 — La Sortie du troupeau.

Signé à droite.

T. — H., 0^m,54. L., 0^m,65.

36 — Les Gorges d'Apremont.

Signé à droite et daté : 4 octobre 1877.

T. — H., 0^m,50. L., 0^m,65.

37 — La Rentrée du troupeau ; effet du soir.

Signé à droite.

T. — H., 0^m,48. L., 0^m,64.

38 — Un Grain.

Signé à droite.

T. — H., 0^m,47. L., 0^m,56.

39 — Les Champs derrière Barbizon.

Signé à droite.

T. — H., 0^m,46. L., 0^m,65.

40 — Au Belvédère.

Signé à droite.

T. — H., 0^m,46. L., 0^m,55.

41 — Une Porcherie.

Signé à droite.

T. — H., 0^m,46. L., 0^m,55.

42 — La Bergerie.

Signé à droite.

T. — H., 0^m,46. L., 0^m,55.

43 — Une Bergerie.

Signé à droite.

T. — H., 0^m,46. L., 0^m,55.

44 — Une Rue à Barbizon; effet de neige.

Signé à droite.

T. — H., 0^m,32. L., 0^m,46.

VAUX DE CERNAY

45 — Les Cascades de Cernay.

Signé à droite.

T. — H., 1^m,20. L., 0^m,88.

46 — Le Transport du fumier.

Signé à droite.

T. — H.. 1^m,11. L., 1^m,31.

47 — Dans les hauteurs.

Signé à droite.

T. — H., 0^m.71. L., 1^m,00.

48 — Les Botteleurs.

Signé à droite.

T. — H., 0^m,71. L., 1^m,00.

49 — Le Givre. Petite Bretagne à Cernay.

Signé à droite.

T. — H., 0^m,71. L., 1^m,00.

50 — Dans la vallée le soir.

Signé à droite.

T. — H., 0^m,71. L., 1^m,00.

51 — Troupeau dans les broussailles.

Signé à droite.

T. — H., 0^m,71. L., 1^m,00.

52 — La Rentrée au parc; effet du soir.

Signé à droite.

T. — H., 0^m,65. L., 0^m,92.

53 — Le Nouveau-Né. Route de Cernay; effet du soir.

Signé à droite.

T. — H., 0^m,65. L., 0^m,92.

54 — La Moisson.

Signé à droite.

T. — H., 0^m,65. L., 0^m,92.

55 — Étude de Béliers. Ferme de l'État (Rambouillet).

Signé à droite.

T. — H., 0^m,61. L., 1^m,00.

56 — Berger dans la plaine de Cernay.

Signé à droite.

T. — H., 0^m,60. L., 0^m,81.

57 — Le Dégel.

Signé à droite.

T. — H., 0^m,55. L., 0^m,86.

58 — Les Moyettes; effet du soir.

Signé à droite.

T. — H., 0^m,55. L., 0^m,81.

59 — Une Rue de Cernay; effet de neige.

Signé à droite.

T. — H., 0^m,55. L., 0^m,33.

60 — Moyettes à Cernay.

Signé à droite.

T. — H., 0^m,52. L., 0^m,81.

61 — Chaumières.

Signé à droite.

T. — H., 0^m,46. L., 0^m,67.

62 — Étude de Béliers.

Signé à droite et daté : 30 janvier 83.

B. — H., 0^m,38. L., 0^m,46.

63 — Béliers.

Signé à droite.

T. — H., 0^m,37. L., 0^m,54.

64 — Béliers.

Signé à droite.

T. — H., 0^m,37. L., 0^m,54.

---

65 — Troupeau au bord de la mer.

Signé à droite.

T. — H., 0^m,52. L., 1^m,00.

2395. — Lib.-Imp. réunies, rue Mignon, 2, Paris.

www.ingramcontent.com/pod-product-compliance
Ingram Content Group UK Ltd.
Pitfield, Milton Keynes, MK11 3LW, UK
UKHW031716170726
13836UKWH00001B/278

AF313021

NOTICE

SUR

LES SIX OSAGES,

ARRIVÉS A PARIS LE 13 AOUT 1827.

PRIX : 40 CENTIMES.

A PARIS,

CHEZ TOUS LES MARCHANDS DE NOUVEAUTÉS.

1827.

NOTICE

SUR

LES SIX OSAGES,

ARRIVÉS A PARIS LE 13 AOUT 1827.

Les six voyageurs Indiens, qu'on attenduit à Paris avec impatience, y sont enfin arrivés lundi, 13 août, à une heure. Au Hâvre et à Rouen, ils ont excité la plus vive curiosité.

Ils sont nés sur les bords du Missouri, qui prend sa source près des *Montagnes Pierreuses*, non loin des limites qui séparent l'Amérique septentrionale de la *Colombie*. Ce grand fleuve a son confluent au Fort-

Saint-Louis, où elle se mêle avec les eaux du Mississipi. Le grand Osage arrose le territoire de la peuplade des six voyageurs arrivés en cette ville. Le Missouri reçoit cette rivière à quarante-trois lieues du Fort-Saint-Louis.

Le souvenir que les Français ont laissé dans le pays des Osages, se reconnaît à plusieurs dénominations de rivières ou de prairies de cette contrée.

Après avoir lu les noms des peuplades voisines des Osages, on voit avec plaisir que l'amour de la patrie est un des sentimens les plus vifs qui les animent ; la mort n'a point d'horreur pour ces Indiens, si leur pays peut tirer quelque avantage de leur trépas ; jamais leur intérêt particulier n'est pris par eux en considération. Le sauvage Osage se soumet à sa destinée, avec l'opinion qu'il fait son devoir, avec une ma-

gnanimité que les âmes ordinaires sont in-
capables d'apprécier.

Les habitations de ces Indiens sont for-
mées par quelques troncs d'arbres joints
ensemble; la fumée s'échappe par le milieu du toit; cependant ils ont quelques
édifices remarquables; ils ne connaissent
point la mollesse : quelques meubles,
très-grossiers, garnissent leur cuisine. Leur
mets délicieux est une soupe aux fourmis;
ils en sont très-friands et ne manquent jamais de le servir aux jours d'assemblée de
famille ou de gala.

Les femmes sont esclaves du pouvoir
marital; elles s'occupent exclusivement de
l'agriculture et des travaux mécaniques;
les hommes croiraient se dégrader en s'y
livrant; ils fabriquent les armes, les ca-
nots, et font la chasse et la guerre.

Les soins de la maternité ne sont pas

aussi minutieux que dans les pays civilisés; lorsqu'un enfant est né, il est attaché sur une planche garnie d'étoupe végétale, et la mère le suspend ainsi à un arbre, pendant qu'elle vaque aux affaires domestiques. Le supplice de ces petites créatures dure jusqu'à dix mois; à cette époque, ils sont déposés à terre et se traînent comme ils peuvent.

Le vêtement habituel des femmes est ainsi composé : elles ceignent leur tête d'une lanière de cuir, ou d'un ruban de tissu quelconque, orné de grains de verre, de médailles ou de plumes de diverses couleurs. Elles ont le cou et la partie supérieure du corps jusqu'aux genoux, enveloppés entièrement dans une espèce de guimpe de percaline très-légère, de diverses nuances; un autre vêtement de la même forme, mais de couleur rouge, dépasse de deux ou trois doigts. Elles ont des bottines de castor, ou plutôt des souliers surmontés de guêtres, qui montent jusqu'aux genoux et sont attachées avec des jarretières de drap rouge, brodées en coquillages. Tous ces ajustemens sont l'ouvrage de leurs mains. Leurs cheveux sont séparés sur le sommet de la tête par une ligne peinte en vermillon. Elles sont naturellement coquettes, mais sages. Les hommes sont nus jusqu'à la ceinture; ils n'ont d'autre vêtement qu'une ceinture assez large qui leur couvre le bas des reins; ils ne la quittent jamais, même après leur mort. Ils ont la tête enveloppée d'un morceau d'étoffe. Les hommes et les femmes portent des colliers en coquillages, au milieu desquels est suspendue une coquille assez large. Les hommes sont armés d'un large couteau. Les élégans du pays se peignent sur les joues des anneaux, des croissans, des flèches et des figures bizarres. Pour ajouter encore à leur beauté, ils se séparent, avec un couteau, les oreilles de la tête, en sorte qu'elles n'y tiennent plus que par les extrémités; ils introduisent ensuite l'une sur l'autre, dans les fentes, des tresses de laiton qui, par leur poids, font descendre l'oreille jusqu'aux épaules. Les narines subissent les mêmes mutilations. Ils entourent les chevilles de leurs pieds de petites courroies, auxquelles sont attachées des plaques de métal qui se heurtent et produisent un petit carillon qui réjouit l'Indien dans ses courses ou à la danse, exercice pour lequel il se montre très-passionné. Cet exercice est un spectacle effrayant pour un étranger : armés de couteaux pointus et bien affilés, les danseurs risquent dans la vivacité de leurs mouvemens, de se percer le cœur, ce qui, cependant, n'arrive jamais, grâce à l'inconcevable dextérité de ceux qui s'y exposent. L'objet de cette danse est de figurer les combats ; ils y mêlent des cris et des hurlemens effroyables.

Les armes de guerre des Osages sont les casse-têtes, les coutelas, les flèches et le fusil. Les prisonniers qu'ils font à la guerre sont bien traités ; mais si l'ennemi se conduit mal, les prisonniers sont sur-le-champ mis à mort. Les trophées consistent en crânes humains qui parent la demeure des braves.

Ces Indiens croient à un Être-Suprême, qui crée et gouverne toutes choses. Ils n'ont aucun système particulier de théocratie, ils ne reconnaissent qu'un seul Dieu, *le Grand-Esprit*. La croyance d'un état futur et d'un compte à rendre est générale parmi eux ; ils s'attendent à aller habiter à jamais,

en personne, après leur mort, un pays
délicieux où ils jouiront d'un printemps
éternel. Ils disent n'avoir jamais vu le maître de la vie, le créateur du monde, et
être, par conséquent, dans l'impossibilité
de le personnifier, mais qu'ils ont entendu
sa voix mêlée aux éclats du tonnerre.

Nous allons citer ici quelques-unes de
leurs maximes :

« Ne volez jamais, excepté votre ennemi,
à qui il est juste que vous fassiez du mal
de toutes les manières ;

« Lorsque vous êtes devenus hommes,
combattez vaillamment ; défendez votre
territoire de chasse, de tout empiète-
ments ;

« Ne laissez jamais manquer de rien les
femmes et les enfans ;

« Protégez les femmes et les étrangers
contre toute insulte ;

« Ne trompez jamais vos amis en aucune façon ;

« Que les injures vous soient sensibles ;

« Vengez-vous de vos ennemis ;

« Soyez fidèles à vos femmes ;

« Ne buvez pas l'eau forte (eau-de-vie) empoisonnée des blancs ; elle est envoyée par le mauvais esprit pour la perte des Indiens ;

« Ne redoutez pas la mort, elle n'est un objet de crainte que pour le lâche ;

« Obéissez aux personnes âgées, et surtout à vos parens ; ayez pour eux de l'amour et du respect ;

« Aimez et adorez le *Bon Esprit* qui nous a tous créés, qui nous fournit les terres à gibier, et nous conserve la vie. »

Les amours des Osages sont chastes et vertueux ; les hommes ne se marient que lorsqu'ils ont acquis la réputation de guerrier ou de chasseur. Les noces se célèbrent ainsi : Les conviés se trouvent réunis , le jeune Indien prend sa future par la main , se place debout devant la société , et fait avec candeur l'aveu de son attachement pour elle , promet de la protéger et de lui fournir abondamment du gibier , et lui présente quelques morceaux de buffle , d'un élan ou d'un cerf , comme un gage de l'accomplissement de ses promesses. De son côté , la femme lui offre une mesure de blé , comme signe des devoirs de son nouvel état. Les nouveaux mariés reçoivent alors le témoignage des vœux des assistans , et le restant de la journée se passe en jeux , en plaisirs et en fêtes.

La polygamie est tolérée ; cependant la plupart des Indiens n'ont qu'une femme.

Le divorce est permis : un Osage est-il las de sa femme , il annonce à sa famille qu'il ne sent plus d'amitié pour elle , et part pour quelque expédition de chasse, sans dire s'il reviendra, ni indiquer l'époque de son retour. Cette procédure est assez commode, il faut l'avouer. Que de chasseurs s'absenteraient, sans rien dire, si elle était admise, je ne dirai pas en France, car tous les maris aiment leurs femmes, et les femmes chérissent leurs maris, mais je dis dans d'autres pays de l'Europe !

Quelques indigènes du haut Missouri ont des signes de deuil aussi dégoûtans que bizarres : ils se coupent les ligamens et articulations des doigts avec le couteau qui sert à leurs repas ; puis, mettant entre les dents ces parties encore adhérentes, ils les détachent en les tirant et tortillant avec violence ; les dents servent à la fois de coins et de vis pour cet acte dénaturé.

Nous terminerons notre analyse par la désignation des six Indiens voyageurs : le chef est âgé de trente-huit ans ; sa taille est plus élevée que celle de ses compagnons ; il s'appelle Kihegashugah, ou le Petit Chef ; il est accompagné de sa femme et de sa cousine, âgées, l'une et l'autre, de dix-huit ans ; la première se nomme Myhangah, la seconde Gretomih. Le second chef se nomme Washingsabha, ou l'Esprit noir ; il est âgé de trente-deux ans. Ils ont pour suite Marcharthitahtoongah, ou le Gros Soldat : c'est le plus vieux de la troupe ; il a quarante-cinq ans ; et Minkschatahooh, ou le Petit Soldat, qui ne compte que vingt-deux ans. Le premier des six est un prince du sang, le second est un des plus braves guerriers de la tribu. Leur interprète, M. Paul Loise, est né d'un Français et d'une femme osage ; ils ont beaucoup d'affection pour lui ; c'est le seul homme qui puisse les mettre en communication avec

le royaume qu'ils parcourent. Leur affection pour la France et pour les Français
leur a fait surmonter les périls les plus
imminens pour visiter notre patrie : ils ont
fait six ou sept cents lieues avant d'arriver
à la Nouvelle-Orléans.

A Rouen, les Osages ont joui d'une très-
grande vogue. Ils se sont rendus au spectacle, où la curiosité avait amené une foule
considérable ; on a peu d'exemples d'une
affluence aussi prodigieuse. Les corridors
des premières étaient encombrés de personnes qui ne pouvaient trouver dans toute
la salle un point d'où ils pussent considérer les traits et le costume des Indiens.
Ceux-ci se sont rendus au théâtre pendant
l'entr'acte qui séparait les deux pièces. On
les a placés dans la loge du gouverneur. Le
premier banc était occupé par le prince,
les deux dames et le général. A leur arri-

rée, un bruit confus s'est fait entendre. On a joué le premier acte, après lequel le prince s'est levé, et a débité, dans sa langue, des choses fort agréables sans doute, mais auxquelles on n'a rien compris. L'interprète qui accompagne ces étrangers a obtenu quelques instans de silence, et, traduisant les paroles du chef, il a dit que les Osages étaient extrêmement sensibles à l'accueil flatteur qu'ils recevaient, et que leur reconnaissance pour la nation française serait éternelle. Pendant le second acte, ils ont pris des rafraîchissemens, et ont bu à la santé des spectateurs, qui leur ont rendu politesse pour politesse. Ils ont écouté l'opéra, sinon avec plaisir, du moins avec attention. L'embrasement qui le termine a paru les flatter.

En se retirant, le prince a salué les spectateurs. Pendant les entr'actes, on a levé le rideau, afin que la portion du public qui s'était réfugiée sur le théâtre pût considérer les Osages.

Voici un exemple de la vénération que ces Indiens ont pour la vieillesse :

Étant allés visiter l'Hôtel-Dieu de Rouen, la supérieure des dames qui desservent cet hospice, et dont l'âge est très-avancé, est devenue l'objet particulier de leur respectueuse attention. Ils ont à son égard exprimé l'idée qu'elle devait avoir de bien grands mérites, pour que l'Être-Suprême eût permis qu'elle parvînt à un aussi grand âge. Déjà ils avaient eu l'occasion de rencontrer sur leur route un pauvre mendiant dont les cheveux blanchis et la barbe longue donnaient à sa physionomie un air patriarchal. A son aspect, ces étrangers se sont levés tous spontanément dans leur voiture, et n'ont cessé de lui adresser, par leurs

démonstrations , des marques de respect ,
jusqu'à ce qu'ils l'eussent entièrement
perdu de vue. Ce qui contribue à leur ins-
pirer ce respect pour la vieillesse, c'est que
la vie des Osages est généralement plus
bornée que celle des Européens.

Lors de la visite qu'ils ont faite à la bi-
bliothèque de Rouen, ils se sont reposés ,
et ont accepté des rafraîchissemens qui leur
ont été offerts. A ce moment, un maréchal-
des-logis de la gendarmerie, qui a au moins
six pieds de hauteur, se trouvait près d'eux ;
un des premiers fonctionnaires de ce dépar-
tement fit alors demander au prince si, dans
son pays, il existait beaucoup de guerriers
aussi grands que ce militaire. Kihegashugah examine avec attention le gendarme,
tourne autour de lui, et sans plus de céré-
monie, lui jette bas son chapeau pour le voir
tête nue. Cette licence que prenait l'étran-

ger était sur le point de formaliser le gendarme, qui fit un mouvement pour répri-
mer cet acte de liberté (il oubliait qu'il
était devant un prince du sang). Mais les
personnes qui étaient présentes lui firent
entendre qu'il ne devait pas se fâcher. Il se
calma, et resta immobile et droit comme
un soldat devant l'étranger. Le prince sauvage s'appuya le dos contre celui du gendarme, et plaçant sa main au-dessus de sa
tête, il vit qu'elle était à peu près à l'é-
paule de celui-ci; alors il répondit que dans
son pays il y avait des guerriers qui étaient
encore plus grands d'une mesure qu'il dé-
signa être d'un demi-pied. L'assemblée ne
put s'empêcher de sourire à cette réponse.

Les Indiens ont dû assister dimanche
dernier au spectacle, pour remercier les
habitans de Rouen de l'accueil qu'ils en ont
reçu, et leur faire leurs adieux.

Le prince espère qu'à l'exemple de Louis XIV, qui accueillit avec bonté un de ses ancêtres, Charles X daignera leur accorder une audience particulière. Le chef de ces Indiens, entendant un de ses aïeux rendre compte à sa nation assemblée de l'accueil qu'il reçut à la cour de Louis-le-Grand, s'écria : « Et moi aussi, je visiterai la France, et je verrai son roi, si le Maître de la vie me permet de devenir un homme. » (Il n'avait alors que sept ans.)

Ces intéressans voyageurs sont venus par la diligence jusqu'à la barrière, où le prince et sa suite sont montés en fiacre ; ils sont descendus rue de Rivoli, hôtel de la Terrasse, un des hôtels les plus fréquentés de la capitale. Un grand nombre de curieux les y attendait ; mais ils n'ont point quitté leur appartement. Mardi, ils ont paru à diverses reprises à leur balcon dans la matinée, et les amateurs, qui étaient en assez grand nombre sur la Terrasse des Tuileries, en face de leur hôtel, ont pu les voir fort distinctement. Nus jusqu'à la ceinture, ils portent aux bras de longues plaques en argent, l'une au haut du bras, l'autre près du poignet ; leur cou est orné d'un collier à plusieurs rangs de perles, bien liées, et garni d'une plaque en argent de forme ronde. Leur coiffure consiste en une pièce d'étoffe rouge surmontée de plumes de différentes couleurs. L'un d'eux, à cause du froid, sans doute, portait une couverture blanche, bordée en bleu, laissant à découvert l'épaule et le bras droit. Il avait une espèce de hache, au manche de laquelle pendaient plusieurs touffes de plumes.

Une troupe de musiciens ambulans s'étant arrêtée sous leurs croisées, ces étrangers ont paru les entendre avec plaisir. Une des femmes indiennes s'est alors montrée au balcon ; sa taille est petite, sa figure est pleine de douceur ; elle a les cheveux très-noirs, séparés par une longue raie peint en rouge. Son cou est orné d'un collier. Son vêtement est une espèce de tunique par-dessus un jupon fort court ; ses jambes sont enveloppées. Tout cet habillement est d'une étoffe rouge, avec une bordure noire et bleue découpée.

Voici une preuve de l'intérêt qu'ils inspirent : Dimanche, 12 août, avant de quitter Rouen, ils sont partis pour le château de Quevillon, où réside en ce moment madame la duchesse de Fitz-James. Là, tous les agrémens possibles leur ont été procurés : le bain, la danse, l'équitation, etc., etc. ; ils y ont pris une part fort active, et se sont montrés très-galans envers les dames.

Ils vont honorer successivement tous les théâtres de la capitale, tous les établissemens publics, et toutes les curiosités. Leur première visite sera pour la girafe.

FIN.

IMPRIMERIE DE MARCHAND DU BREUIL,
RUE DE LA HARPE, N° 80.